제주 안젤라의

행복한 소꿉놀이

제주 안젤라의 행복한 소꿉놀이

발행일	2023년 6월 28일

지은이	김상옥		
펴낸이	손형국		
펴낸곳	(주)북랩		
편집인	선일영	편집	정두철, 배진용, 윤용민, 김부경, 김다빈
디자인	이현수, 김민하, 김영주, 안유경	제작	박기성, 구성우, 변성주, 배상진
마케팅	김회란, 박진관		
출판등록	2004. 12. 1(제2012-000051호)		
주소	서울특별시 금천구 가산디지털 1로 168, 우림라이온스밸리 B동 B113~114호, C동 B101호		
홈페이지	www.book.co.kr		
전화번호	(02)2026-5777	팩스	(02)3159-9637

ISBN	979-11-6836-911-5 03810 (종이책)	979-11-6836-912-2 05810 (전자책)

제주 안젤라의
행복한 소꿉놀이

김상옥 에세이

북랩

머리말

인생 육십을 넘어
칠십을 바라보는 나이.

그동안 살아 낸
나의 삶을 뒤돌아보니,

고통과 괴로움과 슬픔의 씨줄과
행복과 기쁨과 즐거움이란 날줄로
엮어 낸 인생이
이제야 조금 알 것 같다.

나의 생애를 다 엮고 나면
인내로 이루어 낸 아름다운 한 편의
내 인생 작품이 탄생하는 것이다.

제주 안젤라의 행복한 소꿉놀이

여기에는 누구의 작품이
더 아름답고 덜 아름답다의 논쟁은
아무런 의미도 가치도 없다.

다만
누가 끝까지 자신의 인생을
책임지고 완성시키느냐의
끈기와 인내로 엮어 낸 보석 같은
삶의 결정체만 남을 뿐이다.

나는 오늘도
괴로움의 씨줄과 행복이란 날줄로
인생을 무지갯빛으로 채색하며

소꿉놀이하듯
예쁘게 엮어 가고 있다.

감사의 말

이 책을 집필하는 데에 물심양면으로 도움과 용기를 준
가족 모두에게 감사의 말을 전합니다.

차례

◆

타샤를 그리워하며

Be happy for this moment. This moment is your life.

지금 이 순간도 행복하세요. 이 순간이 당신의 인생입니다.

Omar Khayyam

반목과
왜곡과
질시가 난무하는 혼재한 세상에서

우리에게 유일한 위로는 해탈뿐일까.
·
·
·

꽃처럼 고웁게 태어나
꽃처럼 정성껏 길러진

꽃 같은 나이에
꽃처럼 한 모습으로 시집보내져

꽃 같은 아들딸 낳고
혼 · 신 · 을 · 다 · 해
꽃처럼 키워
시집 장가 다 보내고 나니

이제 나에게 남은 생
꽃처럼 살려는데
꽃처럼 살 수 있을까.

세상은
꽃처럼 살게 하질 않아.

그래도 기어코 꽃처럼 살면,
단연코 꽃처럼 살다 가면,
정말 꽃으로 환생할까.

지난해 뜨락에 폈던
꽃 진 자리엔
다시 꽃순이 돋아나는데,

머지않아
하늘 푸르고
햇살 찬란한
봄, 당도하겠다.

아기의 자장가로 설정된
핸드폰 벨 소리가
오늘따라 유난히 요란하길래
받아 보니,

전화기 저쪽에서 들리는
찐 반가운 목소리.

새해 덕담에 안부에 하소연에
올해 벌써 두 번째.

그러고도 내 게으른 시간까지
탈탈 털어 내어
하하호호.

그럼에도 이토록 한 아쉬움에
도무지 알쏭달쏭한
서로의 유아기 때
애매하고 모호하고 희미한
전설 같은 기억까지 끄집어내어
허파가 몸살 날 정도로
울고 웃고 나니

제주 안젤라의 행복한 소꿉놀이

콧등 시큰하니
아름다워지는 마음.
오랜만에 무방비로
마음을 비우고 나니
지난하고 험한 세상
다리가 되어 주는
그와 나라는 인연이
서로의 가슴에 참 따뜻한 선물이다.

연초 여러 통의 안부 문자도
한 방에 제압해 버린
죽마고우와의 전화 한 통이,

겨울 춥고 시린 밤
코밑까지 끌어올린 이불깃만으로도
하룻밤 꿈길이
참으로 포근하고 따뜻하겠다.

#03 어머니와 우영팟

우리가 꿈꾸는 피안,
어쩌면 그곳은 금기된 곳,
신만이 존재하는 곳일까?

아니면 피안은
지극히 순수한 동심 안에
있는 건 아닐까?

인생이란,
가끔은 알면서도
무뎌져 주는 것이
세상을 살아 내는
지혜일 수도 있다는 것을….

유년의 추억 속 나의 소꿉놀이는
내가 살아가는 길에
유일한 피안처다.

어린 시절, 마당 한쪽에 있던
어머니의 우영팟(텃밭)엔
항상 배추, 무, 파가 심어 있었다.

가족들의 채소 먹거리는
늘 어머니의 우영팟에서
자급자족하였다.

정성껏 키운 배추와 무가
다 자라서 수확이 끝나면
남은 이삭에선
노란 배추꽃이, 하얀 무꽃이
피어났다.

비로소 어머니의 우영팟은
뜰이 되고, 꽃밭이 되고,
예닐곱 살 소녀의
세상 전부가 되어 주는
소꿉놀이터가 되었다.

기억 저편 따뜻한 약속처럼
또는 숨겨 놓은 보석처럼
아름답기 그지없는 유년의 뜰에는
너무나 곱고 여리고 순수한
나의 유일한 피안이 있다.

오늘 문득!
그때 예닐곱 살이었던
소녀의 작은 어깨를 내 품에
꼬옥 안아 보았다.

새해 첫날,
임인년 1월 1일.

서울에서 내려온 딸 사위 손자와
아들 며느리와
그리고 나와 남편까지,

온 가족이 모두 모여
왁자지껄 함께 김장을 했다.

새해 떡국도 끓이고
오븐에 삼겹살도 구워 내고
새 김치에 삼겹살 돌돌 말아
서로서로 입에다
앙~ 넣어 주며 행복하게 보냈다.

김장 때만 되면 그리워지는 추억,
어머니와 우영팟.

제주 안젤라의 행복한 소꿉놀이

새벽잠 덜어내어 뜨락에 나서니
어젯밤 초롱했던 별들이
이슬 되어 보석처럼 반짝이고

다시 찾아올 사계로
나의 뜨락은
무지개 빛 수놓을 꿈으로
설레고 있었다.

오늘도
지극한 기도와 감사로
영혼을 맑히우고
내 작은 뜨락에서
하루를 시작한다.

나와 같이 늙어 가는
사랑하는 둥지에서
고요한 평화로 살아 낼
천국 같은 삶을 꿈꾸는
무량한 행복.

모처럼 휴일날
나의 소꿉놀이는
오래된 찬장을
뒤엎는 일로부터 시작.

올망졸망 소꿉친구들,
내 작은 기쁨들에
켜켜이 쌓여 있는 세월을
털어 내어 씻고 닦으니
반짝이는 행복.

그사이
눈 녹듯 녹아 버린
금쪽같은 하루.

이제 머지않아
푸른빛 일제히 일어나고
무지개 빛으로
찬란하게 꽃 피워낼 뜨락은
무릉도원 될 꿈으로 설레는데

이제 곧 봄 오시려나.

제주 안젤라의 행복한 소꿉놀이

우리 집에 온 지도
어언 20여 년이 넘어가는
늙은 와인과
아니, 긴 시간
숙성되어 잘 익은 와인과,

겨울 내내
내 요리에
엑기스 역할을 할 허브들,

이름마저도 너무 예쁜
바질, 로즈마리, 민트 등을

부엌 이곳저곳에
향기롭게 걸어 두고

단풍이 너무 붉어
이 가을이 못내 회귀하는 날에나

첫눈 내려 설핏 시린
어느 겨울날에

사랑하는 가족들과 또는,
정다운 이웃들과 친구들을 초대하여
도란도란 살아가는 이야기꽃 피울 그날에,

노릇노릇 오븐에 구워 낸
고소한 닭이나 도톰한 스테이크 위에
한 잎 두 잎 올려 놓고

사랑스러운 향기와 맛을 즐길
그날을 위한 기다림,
이 작고 소박한 행복.

깊어가는 가을과
가을 지나 오는 겨울을

목이 터질 듯한 환희와 감사로
그 아름다운 시절을 산다면

내 생애 한 페이지의 추억을
이 가을에 부쳐,

소확행.

제주 안젤라의 행복한 소꿉놀이

#06 어머니

어머니!
그 진한 그리움의 산실인 부엌엔,
지금은 어머니의 오광목 앞치마의
풀 향이 태곳적 일인 듯한데.

늘 점잖으셨으며 조용하셨던
어머니께선,
오광목 앞치마를 두르시고
부엌에 들어설 때면,
카리스마가 여전사 같으셨다.

어머니의
맛깔난 음식 솜씨는
우리 가족뿐만 아니라
주위 사람들에게도 인정받을 정도로
탁월하셨다.

제주 안젤라의 행복한 소꿉놀이

가족을 위해
음식을 만드시는 일이
어머니에겐 존재 이유였고,
자존감이었으며,
삶의 가치였던 것 같다.

새벽이면
오광목 앞치마에
서늘한 새벽바람을 품고 들어오셔서
우리를 깨우셨던 어머니!

그 오광목 앞치마에는
늘 향긋한 풀 향이 묻어 있었다.

이제는 아무리 불러도
대답 없는 메아리가 되어 버린
어머니라는 세 글자가
목이 메이게 그립고 또 그립다.

제주 안젤라의 행복한 소꿉놀이

그때, 아들은 겨우 두 살이었습니다. 그 작은 몸은 덩그렇게 큰 수술 침대로 인해 더욱 작아 보였습니다.

아침 8시, 온몸을 녹색 수술복으로 감싼 의사 서너 분이 채 잠도 덜 깬 아들을 수술 침대에 올려 앉혀 놓았습니다.

아무것도 모를 나이지만 직감적으로 무언가를 느낀 듯, 체념한 듯, 아무런 저항도 못 하고 소리 없이 그저 눈물만 흘리며 수술실로 끌려 들어가는 아들의 모습을 보는 어미인 나는 가슴이 미어졌습니다. 아니, 절망감에 정신을 놓칠 만큼 아득해졌습니다.

전신이 녹아내리는 듯 수심 깊은 곳에 착 가라앉아 있는 듯 너무 고요해서 아무 소리도 들리지 않았습니다. 그저 수술실로 끌려 들어가는 아들만 눈에 가득 들어왔습니다.

아무 생각도 아무것도 보이지 않았습니다. 지푸라기라도 잡는 심정으로 저 하늘 어딘가에 계실 조물주 하느님을 향해 끝도 없이 기도문을 중얼거렸습니다.

아들의 수명이 여기까지라면, 그게 아들의 운명이라면, 그 운명을 바꿔 주실 분도 하느님밖에 없을 거라는 생각에 떼를 쓰며 매달렸습니다. 저의 나머지 생을 아들에게 주십사 하고, '저는 30년 동안 이 세상을 보고 느끼고 살아 봤으니 아무 미련이 없습니다'라고. 그렇게 하느님께 반강제적으로 생떼를 썼습니다. 목에서 비릿한 피 냄새가 날 정도로 기도했습니다.

　그리고 수술 열세 시간 동안 나는 물 한 모금도 넘길 수가 없었습니다. 아들이 사경을 헤매고 있을 수술실 앞에서 눈을 뗄 수가 없었습니다. 내가 눈을 떼는 순간, 발을 떼는 순간, 아들의 숨이 멎을 것 같았습니다.

　그리고 긴 수술 시간이 끝나고 중환자실로 실려 나온 아들의 모습은 처참했습니다. 온몸이 피로 얼룩져 있었고, 코와 목, 배와 옆구리까지 그 작디작은 몸에 크고 작은 호수들이 매달려 있었습니다. 그 모습을 보면서 수술실에서 아들이 혼자 느꼈을 공포와 고통을 생각하니 가슴이 한없이 저며 왔습니다.

수십 년이 흘렀지만, 그때를 생각하면 지금도 가슴이 아픕니다. 그러나 지금은 건강한 사회인으로서 공정한 법조인의 길을 걸어가고 있습니다.

제주 안젤라의 행복한 소꿉놀이

제주 안젤라의 행복한 소꿉놀이

주님,
미명도 잠든 고요한 새벽에
서원하듯 드리는 저의 기도는
주님께서 가꿔 주신
제 영혼의 일용할 양식입니다.

오늘도 작고 소박한 믿음 안에서
주님께서 허락하신 아름다운 세상을
여행 온 듯 살아갑니다.

인생은 긴 여행인 것 같아요.

다시는 돌아오지 못할,
도착지만 있는 여행 말예요.

자신의 여행이 언제 끝날지는
아무도 모릅니다.

그래서 내가 걸어가는 길섶에
풀꽃 하나 바람 한 줌도
놓치지 않고 두 번 세 번
바라보고 느껴 보며 걸어갑니다.

헛눈 팔 새가 없습니다.

지나쳐 버리면 다시는 볼 수 없는,
너무나 아름다운 그리움들입니다.

그래서 우리들에게 지금 이 시간이
가장 소중한 이유이기도 합니다.

그동안 우리들에게
선물처럼 베풀어 주신
주님의 아름다운 축복들.

그 축복과 영광에 따른 시련까지도
견딤의 미학으로 인내하게 하시고

인생을 배우고 인간을 배우는
기회로 삼아
기쁨으로 받아들이게 인도하심
또한 한없는 감사입니다.

제주 안젤라의 행복한 소꿉놀이

주님께서 허락하신 평화로운 하루가,
계절의 변화로 일어나는
아름답고 찬란한 풍경들이,

살아 있음에 따라오는 괴로움까지도
너무나 감사하고 소중한
제 삶의 서사입니다.

온 세상이 비정한 자본주의에 밀려
인류의 가치들을 잃어 가고 있지만,

따뜻한 인간애로
인정과 도리를 알게 하는
윤리와 도덕,
푸르게 순수해야 할 종교와 믿음,
그 모든 가치 위에 있는
생명까지도,

자본의 힘,
그 논리에 떠밀려 버리고

현실은 인류를 지탱해 온
가장 소중한 가치들을
속절없이 잃어 가고 있지만,

나는 아직도 삶의 진정한 가치를
거기에 두고
내 영혼을 풍요롭게 가꾸며
살아갑니다.

나이는 들어 가지만
생각과 의식은 푸르게 가꿔

상식을 알고, 도리를 알며,
책임질 줄 알고,
자존감을 잃지 않으며,
과거를 돌아보고,
지금을 알차게 살아
후진에게 짐이 되지 않도록,

먼 훗날 그들에게
행복한 추억으로 남아
그들의 삶에 작은 이정표가 됐으면
하는 소망,

그 소박한 바람을,
아름다운 인내를 무기 삼아
힘차게 살아갑니다.

제주 안젤라의 행복한 소꿉놀이

오늘도 주님을 향한
저의 지고지순한 사랑을 받아 주시고
성숙한 인격으로 가꿔 주시어

도덕으로 우위에 있다는 자만을
버리게 하시고

지금 나에게 무엇이 최선인지
깨달아 살게 하소서.

인생은 괴롭고도 황홀하고,
아프고도 찬란하지만,

아무리 생각해도
인생이란, 삶이란,
매일매일이 기적이며
하루하루가 너무나 순결하고
아름답다는 것을

이 모든 축복을
허락하신 주님께
한없는 감사를 드립니다.

#09 신 맹모삼천지교

휴일, 잔디에 코 박고 잡초와 씨름하고 있는데 카톡! 카톡! 카톡 소리가 요란하길래 봤더니, 절친한 동생이 문자를 보내왔다.

'언니, 오랜만이지요. 잘 지내고 계시죠? 그동안 바쁘게 지내다 보니 연락 못 드렸어요. 죄송해요. 늘 언니를 생각하면서도 시차가 있다 보니 자꾸 타임을 놓쳐 버리네요. 지금 이곳은 밤 열두 시가 넘었어요.' 한다.

늦둥이 교육으로 미국에 가 있는 지인의 카톡이었다. 그곳에 간 지도 어느새 2년이 넘어간다고 했다.

'벌써! 그렇게 됐구나. 자식을 위한 고생이니 보람 있겠어요.' 했더니, '언니, 이젠 저도 나이가 있어서 힘드네요.' 하길래, '맹모삼천지교가 그리 쉬운 일인가?' 했더니, '아니에요! 저는 그냥 옆에 있어 주는 것뿐이에요.' 한다.

요즘 주위를 돌아보면 신 맹모들이라고 할 만한 열정적인 엄마들이 정말 많은 것 같다. 우리 때가 소극적인 교육이었다면, 그녀들의 교육 방법은 적극적이고 능동적이다.

우리나라 정서가 육아와 교육은 엄마 몫이 되는 현실에서 그녀들의 최선이 얼마나 힘든 일인지 나는 안다. 나에겐 이제 까마득한 먼 옛일이 되었지만, 그 시절 힘들었던 것을 생각하면 같은 엄마라는 동질감에 마음이 짠하다.

제주 안젤라의 행복한 소꿉놀이

얼마 전 일이 있어 남편이랑 젊은 엄마 집을 방문하게 되었는데, 학교 다녀오는 2학년 정도의 아이를 부득이 우리 앞으로 데리고 와서 깍듯하게 인사를 시켰다. 아이도 자연스럽고 공손했다. 그리고 우리가 돌아오는데 현관까지 나와서 배꼽 인사 하는 아이를 보면서 우리 부부는 돌아오는 내내 마음이 흐뭇했었다. 젊은 엄마들이 지식만 추구하는 것이 아니라, 아이의 인성까지 신경 쓰는 모습이 정말 지혜롭고 아름다웠다.

엄마들 개개인의 교육 방법은 조금씩 다르겠지만, 그들은 자신의 2세를 위해 최선의 교육을 하는 것이다.

세상에서 제일 강한 이름, 어머니, 엄마, 모성. 자식을 위해서라면 어떤 삶의 무게도 거뜬히 견뎌 내는 힘! 그것은 엄마라서 가능한 거다.

어제의 폭설은
오늘의 청명하고 투명한 하늘로
시침 뚝 떼이고,
선물 같은 기다림.

봄아, 지금 넌
세월의 등을 타고
어디쯤 달려오고 있느냐.

올올이 펼쳐진 기억의 창고엔
성급한 새봄이
한창 피어나고 있다.

어느 누구도
원하거나 반기지 않지만,
그래도 건강하게 살아 낸
한 해로 또 한 살 보태진 나이가
조물주의 섭리이자 축복이리라.

감사함으로
이 나이만큼은 꼭 득도하길
밤낮으로 빌어 봅니다.

인류 문명의 발달과
평화를 염원했던 평화주의자,
알프레드 노벨.

그러나 현실은
끊임없이 잃어 가는
인류 문명의 보편적 가치와 평화들.

그러나 오늘도 난,
지극히 참다운
인류의 가치들을 부여안고

이 아름다운 세상을 찬미하며
소풍 나온 아이처럼 살아갑니다.

주님,
선물처럼 허락하신 오늘 하루도
너무나 감사했습니다.

제주 안젤라의 행복한 소꿉놀이

제주 안젤라의 행복한 소꿉놀이

뜨락의 꽃들이
꽃피울 시기가 오면서
지난겨울 한파로
혹, 동상을 입어
뿌리가 상하지 않았을까,
내심 걱정했었습니다.

그러나 웬걸요,
올 봄꽃이나 여름꽃은
예년보다 더욱 찬란하게
꽃을 피워 냈습니다.

견딤의 미학은 꽃들에게
더 진한 향기를 품게 했고,
더욱 곱고 진한 색을
입혀 주었습니다.

그리고 지금,
그들,
꽃들의 화양연화가 시작되었습니다.

황홀하게 피어난
꽃 사진을 찍으며,
한 송이 한 송이에
인사도 건넸습니다.

참 잘 견뎌 냈다 칭찬도 하고,
예쁘다고 쓰다듬어 주기도 했습니다.

가까이 다가가
쓰다듬을 때마다 꽃들은,
아름답고 황홀한 향기로
화답했습니다.

꽃마다
너무나 고운 향기를
품고 있었습니다.

라벤다도,
자스민도,
치자꽃도,
말로 표현 못 할 만큼의
맑고 고운 향기입니다.

스치듯 체리세이지를
쓰다듬었습니다.

손안에 향기가
가득 번집니다, 평화입니다.

우리도 이렇게
꽃처럼 고운 향기를
품었으면 좋겠습니다.

가까이하더라도
서로 상처보다 향기가 묻어나도록.

제주 안젤라의 행복한 소꿉놀이

제주 안젤라의 행복한 소꿉놀이

치열한 일터에서
오늘의 소임을 다하고
어둠이 깃든 둥지로
돌아오면,

종일 외로웠을 내 둥지에
찬란한 보상,
하나둘씩 켜지는 황홀한 불빛.

하루를 마감하는 밤,
끝없는 기도 속에
초극의 클라이맥스, 환희.

나를 잠 못 들게 했던 우울과
자학의 갱년기란 불청객이
떠나고 나니,
초저녁 꿀잠이 선물처럼 찾아왔다.

덕분에
새벽 향기와의 황홀한 교감,
건강하고 평화로운 일상.

동트기 전
하나둘씩 깨어나는
새들의 지저귐이
독창에서 합창으로
서서히 이어질 때면,

새로운 여명이 열리고
삼라만상이 깨어나는 소리가
오케스트라의 선율처럼
조화롭고 아름답다.

경외다!

요즘은 모든 삶의 희노애락이
명징하게 느껴져
더욱 깊고 진해진 삶.

살아오면서
수없이 반복된 사계절.

그렇게 지내 온 세월만큼의 연륜에서
얻어진 지혜일까.
모든 삶이 감사하고 또 감사하다.

기도 안에서 바라보는 세상은
늘 투명하리만치 맑고 고와,

초극의 아름다운 정서적 교감으로
내 안에 어린아이 하나가
자라는 듯하다.

아름다운 이 세상 소풍 끝내는 날
가서 정말 아름다웠더라고 말하리라
했던 천상병 시인의 시처럼,

나 또한 먼 훗날 주님이 부르시면
가서 이곳 생이 정말 아름다웠노라고
말할 수 있게 살리라.

꿈꾸는 이 밤도 평화다!

제주 안젤라의 행복한 소꿉놀이

제주 안젤라의 행복한 소꿉놀이

#13 어머니의 당부

그렇게 반대하셨던 막내딸 결혼을 힘들게 승낙하시고 어머니께선, 결혼 며칠 전부터 당신 방에서 같이 지내자고 하셨다.

막내딸인 나를 시집보내시는 게 못내 섭섭하시기도 하셨고, 철부지 같은 막내딸이 걱정되어 당부해 둘 말씀이 한두 가지가 아니셨을 게다.

평상시에도 늘 칠거지악이 어떻고 삼강오륜이 어떻고 하셨던 어머니시기에, 어머니의 첫 번째 당부 말씀은 형제 간 우애는 여자 하기 나름이니 네가 늘 반보만 양보하라는 것이었고, 두 번째는 현관에 신발이 두 켤레일 때 밑거름을 만들어 놓으라는 것이었다. 그 말씀은 아이들이 태어나면 저축하기 힘들다는 말씀이셨다.

세 번째 말씀은 남자 머리는 말머리 같아서 한 번 돌아가면 되돌리기 힘드니 아침이면 남편보다 먼저 일어나 옷매무새와 머리를 가다듬은 후에 남편을 깨우라는 것이었다.

그 외에도 자식 교육에 힘써라, 남편 내조 열심히 해라, 곧은 나무 가운데 서니 올곧게 생각하고 행동해라 등 그렇게 며칠 밤을 친정어머니의 말씀을 듣고 결혼을 했다. 그리고 어머니의 무형의 유산인 그 당부 말씀을 바탕으로 수십 년을 살아 냈다.

요즘 세대들은 도저히 이해 불가할 얘기지만, 난 내 딸을 시집보내면서 딸에게도 친정어머니의 당부 말씀을 똑같이 하고 보냈다.

시어른들 말씀 잘 따르고, 형제 우애 돈독하게 하고, 남편 내조 잘하고, 자식 바르게 키워라, 그리고 절약하고 저축해라, 늘 단정히 하고 다녀라 등.

요즘 세상으로 본다면 시대에 뒤떨어진 조선 시대 얘기가 아닐까 하지만.

제주 안젤라의 행복한 소꿉놀이

내가 가게를 운영하면서 바쁘다 보니, 퇴직한 남편이 장을 보는 일이 다반사가 되었다.

그날도 친정어머니 계실 때부터 50년 넘는 단골 고춧가루 집에서 고춧가루를 사다 달라고 남편에게 부탁했다.

그런데 고춧가루를 사러 갔던 남편이 화가 잔뜩 난 표정으로 돌아왔다. 왜 그러냐고 묻자 남편이 씩씩대면서 그 고춧가루 집에 다시는 가지 말란다.

자초지종을 들어 보니 남편이 화날 만도 했겠다 싶었지만, 또 그쪽 입장에서 본다면 그럴 만도 했겠다 싶은 쌍방 과실의 말다툼.

그러나 나이로 본다면 많이 젊은 그 집 아들 사장님이 조금은 지나쳤다 싶었지만.

팔십이 넘으신 그 어머니 사장님을 늘 언니라고 호칭할 만큼 서로 깊은 신뢰로 다져진 관계인지라, 50년 긴 세월 아름다웠던 인연이 단절될 위기를 맞은 것이다.

일단은 시간이 조금 흐른 후에 그때 가서 찾아봬야겠다고 생각하고 있던 터에 안사돈이 보내 주신 빛깔 곱고 맛있는 고춧가루가 있음에도 불구하고, 며칠 전 그 단골 고춧가루 집엘 갔다.

그런데 여사장님께서 나를 보자 헛것을 본 듯 멍한 표정이셨다가 이내 너무나 반가워하시면서 "아이고게(아이고), 미안허영(미안해서) 어떡허코게(어떡할까). 미안허영 차마 전화도 못해신디게(못했는데), 정말 미안허영 어떡허코게…." 하시면서 말을 잇지 못하셨다.

연세가 팔순이 넘으셨지만 아직도 소녀 같고 조용하신 분인데, 그런 분이 얼마나 속을 끓이셨을지, 하시는 말씀 한마디 한마디에 진정 어린 미안한 마음이 간절하게 느껴졌다.

연신, "너무 미안허영(미안해서) 전화도 못허커랑게(못하겠더라). 경허당(그렇게 하다) 보난(보니까) 전화할 시간도 지나 불고(지나 버리고), 미안허영 어떵(어떻게) 허코게(해야 할까)."를 반복하신다.

팔십이 넘으신 사장님이 그러시길래 내가, "아니우다게(아니에요), 살당 보민(살다 보면) 이런 일도 있고 저런 일도 있주마씸게(있으니까요). 괜찮수다(괜찮아요). 서로 실수헌거주 마씸(실수한 거지요). 걱정허지 마십서(걱정하지 마세요). 그만한 일로 50년 인연 안 끊어집니다." 했더니, 사장님께서도 "우리 인연이 자기네 친정어머니 때부터 허민(하면) 50년이 훨씬 넘었주게(넘었지)." 하신다.

사장님은 한사코 그날 당신 아들이 잘못한 거 이해해 달라시며 재차 사과하시고 아들은 없어 그 며느리가 미안해하며 멀리 차에 앉아 있는 남편에게 연신 고개를 숙이며 묵례한다.

그날 사 온 화해의 고춧가루로 오늘 맛있는 김치를 담갔다. 제주 갓김치, 파김치, 열무김치, 배추김치까지, 아름다운 소통에 맛있는 평화다.

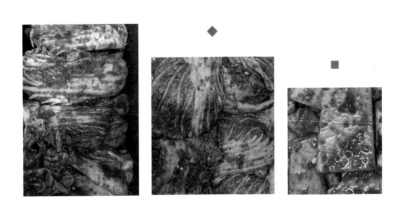

제주 안젤라의 행복한 소꿉놀이

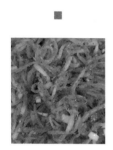

해마다 국화 향, 귤 향이
집안 가득 퍼질 때쯤이면
못내 회귀하던 제주의 가을.

오늘은 그 가을을
정중하게 초대해 놓고
헤이즐넛 향 황홀한 커피 한 잔으로

아쉽고 또 아쉽지만
내년에 다시 만나자고
떠나는 가을을 위로해 봅니다.

아직은 따스하기만 한
꽃처럼 예쁜 가을 햇살과,
가을빛 곱게 물든 담쟁이 잎과,
해안 골을 휘돌아
처마 끝 풍경에 괜스레 화풀이해 대는
심술쟁이 갈바람까지 초대해 놓고

떠나는 가을을
지극한 위로로 함께했습니다.

오늘 밤은
휘영청 흐르는 달빛에
지친 몸 누이고
동안거에 든 듯

아름다운 고요와
천상 놀이나 해야겠습니다.

#16 나의 작은 뜨락에서

오늘도 내 작은 뜨락엔
꽃향기가 진동했으며
꿀 탐닉에 치열했던
벌과 나비들의 포만으로
잠시,
평화로워진 오후입니다.

그 치열했던 고요를 바라보다 문득,
우리네 인생도 저리하지 않을까,
생각해 봅니다.

우리들은 모두
꿈을 꾸며 삽니다.

자신의 인생이
아름다운 한편의 '시'나
한편의 '영화'이길 바라는 꿈을요.

하지만 아름다운 영화에도
기승전결은 있습니다.

밤이 오면 낮이 찾아오듯,
행복과 괴로움도
번갈아 찾아온다는 것을요.

사람의 마음에도
'날'이 있다는 걸 알게 됐습니다.

그 날카로운 '날'로
선한 영혼을 베어
상처를 입힌다는 것도요.

그러나 향나무는
자기를 찍어 낸 도끼에도
아름다운 향기를 뿜는다고 하잖아요,

우리도 향나무 같은 그런,
향기로운 영혼이었으면
좋겠습니다.

'무지'란 것을 깨닫지 못하는
더 큰 '무지'와,
인간의 아름다운 감성과
온전하고 정의로운 생각과 행위,
따뜻한 심성과 고운 시선을
잃어버린 인간성의 상실은,

인생의 가장 큰 불행이며
그 영혼의 참변인 것 같습니다.

'수신제가치국평천하'

거창한 것 같지만,
우리가 살아가는 인생의
가장 기본적 윤리이며
삶의 기조가 아닐까 생각합니다.

자신의 육신과 정신을
존중하고 귀히 여기며,
자신을 바로 세워
건강한 가정을 이루고,
나라를 걱정하며, 더 나아가
세계 평화를 바라는 마음.

제주 안젤라의 행복한 소꿉놀이

우리들은 가끔
비가시적 세계와
가시적 현실에서
이원론적으로 갈등할 때가 많습니다.

불투명과 확신 사이의 갈등.

그러나 우리들에겐
'지금'이라는 가장 확실하고
소중한 시간이 있습니다.

그 '지금'을
진솔하고 아름답게
최선으로 살았으면 좋겠습니다.

인생이란,
이 아름다운 세상을
살아 볼 수 있는 기회란,
기적 같은 엄청난 특혜란,
딱! 한 번뿐이니까요.

Happiness is a how; not a what. A talent, not an object.

행복은 방법이지 무엇이 아닙니다. 물건이 아니라 재능입니다.

Hermann Hesse

하루를 등에 지고
집을 나서는 아들에게.

아들!
오늘 하루도
헛길 가지 말게나,
헛말 하지 말게나,

그리고 오늘도
인재, 천재의 고비를 넘어
무사히 집으로 돌아오게나,
늘 진정한 용기를 지닌 자
되시게.

나약하면 비굴해지니,
용기는 죄를 멀리하게 하고
찬란한 기상을 지닌 자 되게
하니,
아름다운 사람은
앉았던 자리도 아름다우니,

하루를 걸어온 길에 남긴
자네의 발자국도 가지런히
마무리 잘하게나.

아들!
자네에겐
늘 고맙고
늘 감사한 마음뿐이네.

오늘도 집을 나서는
아들 등에다
정성을 다해
십자 성호를 긋는다.

#18 복조리

작년 12월 어느 날, 그때가 이른 오전 시간이었는데, 땡동땡동 초인종이 요란하게 울리기에 '누구세요.' 했더니 '복조리 팔러 왔시다.' 걸걸하지만 할머니 목소리였다. 그 안에 당당함까지 느껴지는.

'아! 네.' 하고 대문을 열어 드렸더니 성큼성큼 걸어오시는 모습이 당신 집에 들어오시는 듯 자연스럽다.

가까이 다가오시더니 '이 댁에 복을 팔러 왔시다.' 하며 '복조리가 쌍으로 된 것은 만 원, 낱개는 오천 원이오.' 한다. 뒤이어 담백한 너스레로 '젊은 사람이 인상이 참 좋시다.' 하신다. 말씨가 이북 할머니이신 듯하다.

그리고 '물 한잔 청합시다.' 하시길래 물을 떠다 드렸더니 벌컥벌컥 들이키시고는 물맛이 좋은 걸 보니 이 댁에 복이 가득하겠다는 덕담까지 잊지 않으신다.

원래는 설날 즈음에 팔러 다니는 복조리를 십이월 중순인 지금, 때마침 김장을 도우러 와 있던 친구 몫까지 해서, 쌍으로 된 쌍 복 두 개를 사 친구랑 사이좋게 하나씩 나눠 가졌다.

그때 산 복조리는 지금도 여전히 거실 창가에 걸려 있다.

제주 안젤라의 행복한 소꿉놀이

에필로그

　옛 풍습이 설날 아침 복조리를 사서 집에 걸어 놓으면 쌀을 일듯이 복을 일어 내는 의미라고 했는데, 그 할머니가 갖고 다니시는 복조리는 짚으로 만든 것이 아니고 얇은 플라스틱 끈으로 만든 것이라 환경적 폐해도 걱정됐지만, 짚으로 만든 것이 아니라서 조금은 쓸쓸했던 기억이 난다.

오늘은 남편의 직장 동료들인,
퇴직한 선후배님들과
부부 모임 하는 날.

이 고장에선 젤로 맛있다는
음식점에서 한우로
그득하고 만족하게 배를 채우고

두런두런 지난 추억들
몇 장을 넘기고 나니
멀뚱한 침묵들.

십여 년 전만 해도
만나면 아이들 얘기에,
진급 얘기에,
그러다 2차,
더 나아가 3차까지 가서도
다 못한 이야기가 한 보따리였는데.

요즘은
2차라는 욕구마저도 삭제돼 버린,
나이만큼 건조해진 몸과 마음.

아직 저녁 아홉 시가
채 안 된 시간에
오늘 모임을 갈무리하기엔
아쉬움이 남았는지
50대 중반의 총무 되는 이가,
바로 옆 건물에
요즘 한창 뜨고 있는
프랜차이즈 커피숍이 있으니

그리 가서 차 한잔으로
2차 시늉이라도 하잔다.

그래서 아무 생각 없이
할머니뻘 8명 할아버지뻘 8명
우중충한, 합이 열여섯이
커피숍에 우르르 들어섰는데,

하하호호 도란도란 소곤소곤거리던
20대 정도의 젊고 푸른 풍경들,
그 꽃 같은 시선, 아니, 눈총들이
일제히 우리 일행을 향해
쏘아 올리면서
커피숍 실내는 일순간
찬물을 끼얹은 듯 조용.

이때 불현듯 나의 뇌리를 스치는
고시 한 구절,

고려 충성왕 때 성리학자였던
우탁의 시조 〈탄로가〉
마지막 구절에 있는
'이따금 꽃밭을 지날 때는
죄지은 듯하여라.'가
가슴에 메아리 되어 울려 퍼진다.

아, 그렇구나.
우리들이 그런 나이였구나.

얼마 전 내가 운영하는 가구 숍에
아는 지인이 데리고 왔던
다섯 살배기 예쁜 손녀가
나를 따라다니며
"이모", "이모" 했을 때
그 호칭에 흐뭇했던 기억도,

이삼십 대 어린 주부들,
나와 많이 친해진 그들이 나에게
"언니", "언니" 하는 호칭도 당연시 받아들였었는데,

내가 내 나이를 잠시 잊고
착각하고 지냈었구나. 내 나이가 어느새 그렇게 됐구나.

이삼십 대에게 언니나,
다섯 살배기 아기에게 이모라는
호칭으로 불리긴
너무나 멀어진 나이로구나.

그래, 인정하자.
나이 들어 감을 인정하자.
그렇지만 늙어 가더라도
낡게 늙지 말자.

새롭게 늘,
새롭고 희망차고 푸르게 늙어 가자.

제주 안젤라의 행복한 소꿉놀이

주님,
오늘도 경이로운 여명과
성스러운 기도로
새로운 새벽을 깨우며
또 하루가 시작되었습니다.

계절이 풍성한 뜨락에 나와
아름답게 피어난 꽃들을 바라보다
하염없이 황홀한 감사에
빠졌답니다.

그 감사에서 오는
감동과 기쁨과 행복으로
마음은 찬란하게
포만해졌습니다.

누구의 선물이
이리도 아름답고 평화로울까,
가만히 들여다보니
제 마음 안에 주님이 계셨답니다.

기둥들이 자누마— 쉼의 긴 힘헤를 마치고
지친 영혼으로 집으로 돌아올 때,

등대가 되고,
이정표가 되고,
포근한 안식처가 되는 곳이길.

늘 따뜻하고
사랑이 넘치는 곳이

그런 집에
 엄마, 그런 안해이길.

그런 마음으로 35년
혼신의 힘 다해 살았다.

늘 기도하는 마음으로
마음 깊은 곳에 주님을 품고
하늘은 알아주실 거라
자신을 위로하면서 그렇게 살았다.

정녕코 이 아름다운 세상 천국,
내 삶의 위로자 집이여.

성스러운 푸른 새벽 찬란함으로,
꽃들은 환희하고
새들의 합창 또한 청아하다.

꽃들은 지천으로
앞다투어 피어나고
그야말로 자연은 연일,
봄 향연으로 소란스럽다.

고운 분홍빛 안젤라 장미,
여왕의 왕관을 연상시키는 붓꽃,
나와는 늘 친근한 제라늄,
성실하고 소박한 보랏빛 빙카,
이름도 향기도 예쁜 체리세이지,
봄에 심으면 일 년 내내
숨 가쁘게 꽃피워 내는 산파첸스도
다시 만났다.

요즘 내 작은 뜨락이
온갖 꽃들을 맞이하느라
즐거운 몸살을 앓고 있다.

평화로운 휴일,
꽃들이 뿜어내는 향기로 초여름 바람 내음이 달큰하니 감미롭다.

몇 년 전, 내 생일을 며칠 앞둔 어느 날의 일이다.

서울에 있는 딸에게서 전화가 걸려 왔다. "엄마 필요한 것 있으시면 말씀하세요. 제가 생일 선물로 보내 드릴게요." 하는 딸에의 전화에 나는 "선물은 필요 없어. 그냥 너희 마음을 담은 카드 한 장이면 엄마는 만족해!" 그렇게 아들과 딸에게 다짐시키고 남편에게도 절대 선물은 사지 말라고 당부 또 당부하였다.

내 생일은 이월 초라서 꽃값이 제일 비싼 시기다. 매년 한 살씩 늘어나는 나이와 함께 그 나이만큼의 장미꽃의 값은 만만치가 않았다. 해마다 꽃바구니 선물이 배달되어 올 때마다 아까워했었던 기억 때문에 사전에 미리 가족들에게 강력하게 다짐해 놓으려 했었던 차였다.

그래서 결국 내 생일날 용돈을 모아 보내온 아들과 딸의 선물 값과 남편이 준비한 생일 선물이 현찰로 두둑하게 내 손에 쥐어졌다. 그리고 아이들이 보내온 카드에는 엄마에 대한 감사와 사랑이 카드 한 장이 모자랄 정도로 넘쳐났으며, 덧붙여서 '엄마가 그동안 사고 싶었던 물건이 있으시면 저희들이 보내 드리는 선물이라고 생각하시고 이 돈으로 꼭! 사세요.'라는 내용이었다.

그 내용을 읽어 내려 가는 순간! 오래전에 봐 두었던, 너무나 갖고 싶었던 '찻장'이 생각났다. 고색이 짙은, 그래서 값이 만만치 않았던 엔틱 찻장! 세월에 마모된 나무 질감 속에 깊게 베어 있는 시간의

향기가 내 마음과 눈길을 끌었던 그 찻장이 생각났다.

그래서 아들과 딸, 그리고 남편까지 우리 가족의 사랑과 성의로 모인 현찰, 그 돈으로 찻장을 구입하기로 마음을 먹었다.

기다리고 기다리던 찻장 들이던 날! 흥분된 마음으로 배달되어 온 찻장을 닦고 또 닦으며 설렘 반, 후회 반, 꼭 필요한 것을 구입했다는 자기 합리화로 온종일 갈등했었던 그날.

이것은 몇 년 전 내가 아끼고 좋아하는 엔틱 찻장을 들이던 날의 풍경이다.

그렇게 온 가족의 사랑과 성의로 구입한 그 찻장은 지금도 내 생활의 예쁜 동반자가 되어 봄, 여름, 가을, 겨울, 사계절을 소박한 그릇과 소품으로 계절을 입히고 꾸미며 나를 즐겁게 한다. 그리고 그 찻장은 긴 세월이 지난 지금도 싫증이 나질 않는다. 오랜 시간 기다리다 온 가족의 사랑에 마음이 모아져서 구입한 물건이기에, 보잘 것은 없지만 우리 가족의 추억이 담겨 있어 더욱 소중한지도 모른다.

결국 물질의 풍요만이 우리를 행복하게 하는 것은 아니다. 내가 50여 년 인생을 살아오면서 깨달은 것은, 행복은 작고 소박한 데 머문다는 것이다. 행복은 마음에서 오는 것이지 큰 물질이나 값비싼 물건이나 높은 지위에서 오는 게 아니다. 그런 조건에서 오는 행복은 순간의 행복이며, 겉으로 드러나 남에게 보여지는 행복일 뿐이다.

우리가 마음이 순수하고 진실한 것에 눈뜰 때, 비로소 내면 깊숙이 진한 감동과 함께 진실한 행복이 찾아들 것이다.

우리 가족만이 느낄 수 있는 이 작고 소박하고 보잘것없는 찻장에는 우리만의 애틋한 추억이 담겨 있어 바라볼 때마다 마음이 흐뭇해진다.

제주 안젤라의 행복한 소꿉놀이

오늘 새벽 기도하다 문득,
얼마 전 세상 떠난 친구가 생각나
마음이 아려 왔습니다.

이 세상에서 다시는
그 친구를 볼 수도,
얘기 나눌 수도 없겠구나, 생각하니
그리움과 안타까움으로
울컥했습니다.

결국, 굳건했던 감정선이
와르르 무너져
오장육부가 찌르듯 에이더니
기어이 눈물이 흘렀고,
끝내는 통곡하는 사태까지
벌어졌습니다.

젊은 때라면,
감성이 여려서 그런가 하겠지만,

나이 들어
감정선에 굳은살이 배겨

웬만한 일에는
꿈쩍도 하지 않을 만큼 강해졌는데.

남편은
그런 나를 보며,
"에이! 이 사람,
또 감성에 빠졌네."
하며 달랬지만,

통곡이 잦아질 때까지는
한참이 걸렸습니다.

눈물 닦고 콧물 닦고 나니
체한 듯한 가슴이
조금은 후련해졌습니다.

그리움은 결국
살아 있는 자들의 몫이니까.

친구야!
천국에선 아프지 말고 잘 지내.

제주 안젤라의 행복한 소꿉놀이

#25 천국처럼 살다가

수많은 인파 속에서
아차!
엄마 손을 놓치고
소스라치게 놀란 아이의 절망처럼,
그렇게 막막하게
엄마가 보고 싶은 날.

뜨락을 서성이는 갈바람에
그 마음을 실어 보냅니다.

언제 돌아오냐고 묻지 마세요,
나도 알 수 없으니까요.

어머니가 늘 마음에 심어 준 말씀,
자신을 꽃 다루듯 하며
자신에게 정성을 다하라,
곧은 나무 가운데 선다,
어느 자리에 있던지 그 자리에 맞는
의무와 도리를 다하라,

어머니의 가르침,
그 가르침을
마음에 심고 가꾸어 낸 삶.

인생이란
나를 살피고 다듬기에도
짧은 여정입니다.

가끔은 자신을 위해
평화롭고 고요한 시간을
선물해도 좋겠습니다.

이토록
아름답고
찬란한 세상에서,

이토록
아름다운
천국을 살다가,

하느님이 부르시는 날,
이 세상 소풍 끝나는 날,
또 다른 천국으로 귀이 하리라,
꿈꾸는 삶입니다.

오늘은
풍요로운 가을과 함께
천국 같은 소꿉놀이를 했네요.

제주 안젤라의 행복한 소꿉놀이

제주 안젤라의 행복한 소꿉놀이

지금 내 나이가
푸른 꿈을 꿀 나이는 아니지만,

그래도 난 늘,
아름다운 꿈의 날개를 품고 산다.

그 깊고 푸른,
용비의 날개를 펼칠 날을 기다리는,

그래서 난
행복한 사람.

#71 핸드폰

　오래된 핸드폰이 잦은 히스테리를 일으키며 순간순간 먹통이 돼 버리기도 하여 어쩔 수 없이 나와 6년의 긴 세월 정들었던 내 핸드폰을 과감히 교체(이별)했다.

　긴 시간 함께하다 보니, 익숙함과 손안에 쏘옥 잡히는 편리함, 거기다 핸드폰의 기능(속성)을 속속들이 알기에 오랜 정 때문에 핸드폰의 실수를 수없이 인내하며 함께하길 노력했지만, 도저히 묵과할 수 없는 일들이 잦아지면서 핸드폰 교체 결단을 과감히 내려야 했다.

　나는 원래 전자 기기나 통신 기기에 대한 호기심이나 애착이나 구매욕이 없다. 모든 전자 기기들은 그 기능과 역할만 잘하면 아무리 오래된 기기라도 상관없이 사용해 왔다.

　그러나 잦은 고장으로 돌이킬 수 없는 실수까지 해 대니 어쩔 수 없이 단호하게 교체하기로 한 것이다.

　핸드폰을 교체하면서 누구의 의견보다 초등학교 6학년에 다니는 손자의 제안을 따랐다.

　그래서 최신형으로 교체했는데 조금 무겁긴 하지만 선택을 잘한 것 같다. 새로 만난 핸드폰과 그 기기의 기능(마음)과 하루빨리 친해져 이 풍요로운 가을날 내 작고 소박한 성실을 새 핸드폰에 새기며 아름다운 꿈 이야기를 수놓을 긴 여행을 떠나고 싶다.

어느 휴일의 평화로운 오후에 나는 체리세이지를 꺾꽂이 하느라 부지런히 봉우리가 있는 가지를 20센티미터 길이로 자르고 있었다.

작년 이맘때, 체리세이지를 꺾꽂이 하여 아침저녁으로 물을 줬더니 얼마 후 뿌리가 내려 여러 지인들에게 나눠 줬었다. 그 이후, 집집마다 체리세이지가 피었다는 즐거운 전화를 여러 통 받아 신이 난 나는, 올해도 분양해 달라는 지인들의 열화와 같은 요청에 열심히 꺾꽂이 하고 있었던 것이다.

그런데 유모차에 의지해 지나가시던 할머니께서 그런 나를 보시고 말을 건네신다.

"꽃 예쁘게 키우셨네요." 하시길래, "아, 네. 어디 사시는데 이곳까지 올라오셨어요?" 했더니, "저 윗동네 살아요." 하시며 서 계시는 것이 불편하신지 유모차에 자리 잡고 앉으신다.

5년 전 남편께서 돌아가시고 아들 집에 와 계시는데 아드님이 매일 할머님을 복지관에 모셔다 드리고 모시러 오곤 한단다.

"아드님이 효자시네요." 했더니, "예, 착해요." 하신다.

할머니께서 다시 거듭, "꽃, 참 잘 가꾸시네요." 하시길래, "할머니, 제가 꺾꽂이 해 놓을 테니 뿌리 내리면 지나시다 들러 가져가세요." 했더니, 할머니께서 고맙다 하시며 갑자기 유모차 주머니를 뒤적거리시더니 사탕 한 움큼을 주신다.

아무리 거절해도 할머니께선 막무가내로 내 앞치마 주머니를

당겨서 사탕을 쑥 집어넣어 주시는데, 꼭 어린 시절 외할머니를 보는 듯하여 마음이 따뜻하다.

그 순간 내 눈에 할머니께서 의지하고 계신 유모차와 아기의 유모차가 오버랩 되며 문득! 가슴이 뭉클해진다.

늦은 오후 집 앞 풍경이, 할머니가 계신 그 길의 풍경이, 노을만큼이나 곱다.

주님,
또다시 선물처럼 허락하신 한 해를
더할 수 없이 아름다운 사계절을
고요히 물 흐르듯 살고 싶어요.

제가 소망하는
소박하고 평화로운 삶을 기원하며
아름다운 기도 속에 살겠습니다.

하루 중 새벽에 드리는 기도는
정말 꿀맛 같아요.

전 그 맛에 중독되고 말았어요.
아마 갱년기가 가져다준
달콤한 대가인 것 같아요.

기도 중,
새벽안개라도 피어오를 때면
천상에 오른 듯 기도의 신비는
아름다움의 극치를 이루어요.

이때 느끼는 감사와 평화!
그 벅찬 감동은 아무도 모를 거예요.

주님과 저만의
은밀한 대화에서 피어나는 향기니까요.

나는 성악설과 성선설 중 맹자의 성선설을 믿어 왔다.

그러나 요즘 사회적 이슈들, 일련의 행태들을 보면 순자의 인간 본성이 원래 악하다는 성악설에 무게가 더 실리는 것 같아 안타깝다.

그동안 도덕은 사람을 '참' 인으로 살게 인도하는 사회의 길잡이로서 우리들의 정신과 삶의 양식이었다.

그 도덕이 땅에 떨어지니 양심과 체면과 수치를 잃어버리고 정직과 진실과 참을 잃어버려 참에서 일어나는 아름다운 생각과 행함을 외면하며 헛것을 좇아 자신을 무참히 방치해 버리니 그들의·영혼은 병들고 아프고 황폐해져 간다.

자신을 귀하게 여기고 자신을 신의로 섬긴다면 상대도 나와 동등한 인감임을 깨달아 도의적으로 대해야 함을 알 텐데.

종이로 만든 생명 없는 돈에 아름다운 생명을 불어넣는 것도 인간이 해야 할 일임을 안다면, 어떤 이가 어떻게 사용하느냐에 따라 아름다운 사회를 만드는 데 큰 공헌을 할 수 있을 텐데.

돈을 태산처럼 쌓아 놓고도 더 높게 더 많이 쌓는 데만 급급하다 보니 비정한 돈에 함몰되고 휘둘려서 사람의 탈만 쓴 금수로 변해 버리니 그 비천한 의식은 사회를 황폐화한다.

어느 집의 성실한 아버지와 어머니, 어느 집의 귀한 아들과 딸로, 최선으로 살아가는 이들을 열악한 일터의 희생자로 삼거나, 또는 폭언과 폭력으로 학대하는 행태들은 사회를 사막화시키는 참변이다.

그러나 폭언과 폭력을 휘두르는 그들이 무방비로 당하는 이들보다 더 처참해 보이는 건 왜일까.

따뜻한 피가 흐르는 사람이 할 짓은 단연코 아니기에 진정 가엾은 건, 인간성을 상실한 그들이 아닐까.

생명 없는 돈에 휘둘려 결코 단 한 번밖에 살 수 없는 이 아름다운 세상에서 따뜻하고 아름다운 삶의 이야기들을 보지도, 듣지도, 느끼지도, 행하지도 못하는 허수로 살다가 누구에게나 공평하고 평등한, 불가항력의 '죽음'으로 귀결되는 인생이여.

제주 안젤라의 행복한 소꿉놀이

오늘도 바쁜 시간을 보내고
집으로 돌아와
하루를 씻어 내고 길게 누우니,
떠오르는 얼굴 하나가 있었다.

오늘 가구 숍에
엄마 따라 왔던 귀여운 소녀 얘기다.

그 소녀가 나를 졸졸 따라다니길래,
내가 "몇 살이니?"라고 했더니
"여덟 살이에요." 한다.

그때 아이의 엄마가
올해 일학년에 들어갔다고
부연 설명을 했다.

그러고도 아이가 여전히
나를 졸졸 따라다니길래
그 아이의 눈을 맞추며 웃었더니,

아이가 기다렸다는 듯이
수줍어하면서 나에게,
"이모! 이모가 너무 좋아요." 한다.

내가
"어머! 나를 좋아해 줘서 고마워!"
하며,
놀란 표정의 아이 엄마도 나도
웃고 말았지만,

이 나이에
여덟 살배기 소녀에게서 들은
이모라는 호칭과,

나를 좋아한다는 고백을 하던
천진하고 예쁜 표정이 떠올라
이 밤 문득 행복하다.

'소녀야! 나도 사랑해.'

#32   소박한 행복

모처럼 휴일!

하루를 열어 내는 여명,
나를 깨우는 청량한 새벽 향기,
깊고 잔잔하게 흐르는 음악,

난 오늘도 이렇게
작은 행복으로 일상을 일어 냅니다.

창가의 붉은 장미 커튼,
그 끝자락에
끈질기게 매달려 있는 겨울을
창문 활짝 열어 성급하게 털어 내고
빛 고운 커튼으로 봄맞이할 설렘은
소박한 저의 행복입니다.

제 생애 영원한 그리움,
영혼이 깃든 내 둥지에서

동심과 함께하는 소꿉놀이와,
밤이면 별이 쏟아지는 작은 뜨락과,
아침이면 온갖 새들의 지저귐,
나뭇잎마다 소복이 내린 눈꽃,

그 눈꽃에 슬쩍 농을 던지는
짓궂은 바람까지,

계절마다 다채롭게 펼쳐지는
일상의 풍경들이
가감 없이 명징하게
느끼고 보이는 건,

오랜 나이에서 오는
투명한 행복입니다.

지금의 삶은 먼 훗날
내가 간절히 그리워할 추억이며,
찰나의 기적이며,
주님의 끝없는 사랑으로 엮어진
아름다운 기도입니다.

제주 안젤라의 행복한 소꿉놀이

Now and then it's good to pause in our pursuit of
happiness and just be happy.

때때로 우리가 행복을 추구하는 것을 멈추고
그저 행복해지는 것이 좋습니다.

Guillaume Apollinaire

우리 가족이 전원으로 이사 온 지 벌써 햇수로 3년이 지났다.

어느 날 이웃집 텃밭에 탐스러운 호박이 열린 것을 보고 나도 한 번 심어 보리라 마음먹었던 것이 두 해나 지나 버렸다.

그러나 올해에도 너무 시기가 늦어 버려 심는 것을 포기하려 했었던 호박씨를 담장 너머 잡풀 우거진 공터에 장난스럽게 몇 구덩이 심어 보았다.

3~4월에 파종하는 호박씨를 7월이 다 되어 이웃집 호박꽃에 열매 맺음을 보고서야 생각이 나 심었기에 호박이 열릴 거라는 기대는 없이 그저 호박꽃이라도 한 번 보았으면 하는 마음이었다. 그리고는 까마득히 잊어버렸다.

그런데 7월이 지나고 8월 중순쯤 담장 너머 울창한 잡풀 사이로 노랗게 무엇인가 보이는 것이 아닌가.

문득 내가 심었던 호박씨가 생각나 한걸음에 달려가 자세히 들여다보니, 그것은 분명 호박꽃이었다. 풀 한 번 뽑아 주지 못하고 무심하게 잊어버렸던 그 호박씨가 잡풀 속에서 꽃을 피운 것이다.

농사의 농자도 모르는 내 생각으로도 농사란 그 씨앗에 맞는 시기에 파종해서 그 계절의 온도와 시간 그리고 적절한 환경이 주어져야만 꽃을 피우고 열매를 맺는 것이라 생각했었다.

그러나 늦은 파종에다 흙보다는 돌이 더 많은 척박한 땅임에도 불구하고 호박씨는 최선을 다하여 자기 몫을 하고 있었던 것이다.

　나는 너무나 감격하여 매일 창 너머로 호박꽃을 바라보며 흐뭇해
했다.

　처음에는 한 송이였던 호박꽃이 서너 구덩이에서 뻗어 나온 줄기
를 타고 담장 너머 잡풀 우거진 공터를 종횡무진 덮어 나갔다. 그리
고 셀 수 없을 정도로 호박꽃은 피고 지고 또 피었다.

　그러는 사이 9월, 10월, 11월이 지나고 울창했던 잡풀도 낙엽이 되
고 호박잎도 줄기도 다 삭아 가라앉았다.

　어느 날 혹시나 하는 생각에 낙엽을 헤쳐 보다 나는 깜짝 놀라고
말았다. 진녹색의 어린애 머리통만한 둥그런 호박들이, 여기저기 스
물너댓 덩이나 되는 것이 다 말라 버린 호박 줄기에 힘겹게 매달려

있는 게 아닌가!

이웃집 텃밭의 호박들은 이미 누렇게 익어 수확이 끝났는데, 내가 심었던 호박은 아직도 어린 애호박으로 남아 있었다. 호박씨에게는 너무 늦은 파종과 척박한 환경 때문이었다. 그럼에도 호박씨는 자기에게 주어진 시간과 여건에서 최선을 다해 꽃을 피우고 열매를 맺었던 것이다.

보잘것없는 하나의 씨앗도 이렇듯 자신의 소임을 다하는데 나는 과연 나로서 나의 삶과 의무에 최선을 다하고 있는 것인가? 만물의 영장이라고 하는 우리 인간들을 생각하니 한없이 부끄러워졌다.

자식이 늙은 부모를 유기하고 부모가 어린 자식을 버리며 삶이 너무 힘들다고 극단적인 방법으로 삶의 끈을 놓아 버리는 사람들. 이런 안타까운 현실의 일면들과 그들을 그렇게 밀어내는 사회가 너무 가슴이 아프다.

그러나 아무리 우리 현실이 고통스럽고 힘들어도 그 어려움을 극복하려는 의지와 자신의 삶에 대한 의무에 최선을 다한다면 우리가 살아가면서 만들어 내는 이 사회라는 터전의 척박함이 조금씩이나마 치유돼 가지 않을까 생각해 본다.

에필로그

그 아름다운 호박은 이웃과 일가친척 그리고 친구들에게 골고루 나누어졌다.

제주 안젤라의 행복한 소꿉놀이

　제가 지금까지 살아오면서 한 공간에서 그렇게 많은 법조인, 변호사님들을 만나 본 적이 없었습니다.

　그 한 사람 한 사람들이 모두 고진감래의 결정체라고 생각하니, 바라보는 것만으로도 모두가 소중하고 소중했습니다.

　아들 김 변호사의 개업식! 그 며칠 전, 따끈하게 인쇄되어 나온 초청장을 들고 와서 우리에게 건넸던 아들. 그 초청장의 내용은 고진감래 끝에 부모님과 스승님들, 선후배님들의 성원으로 여기까지 올 수 있었다는 내용이 들어 있었습니다.

　가슴이 뭉클했습니다. 그동안 아들이 고진감래했던 시간들, 보통 천 페이지가 넘는 교제를 두 번, 세 번, 아니, 수십 번을 읽고 또 읽으며 책과 씨름하여 얻어낸 변호사란 직책. 거기에 더해 해마다 추가되는 판례집과 법 조항까지. 그야말로 고진감래했던 아들의 고된 시간들 덕분에 저는 그날 많은 법조인과 변호사님들에게서 '어머님, 수고하셨습니다!'라는 과분한 인사를 받기만 했는데, 지금 생각하니 아들의 변호사 개업이 꿈인 듯합니다.

　아들의 말처럼 이제 공정하고 엄격한 법의 중재자로서의 역할을 철저히 하여 사회에 이바지하는 삶을 살기를 바랍니다.

#35 소중한 하루하루

오늘도
동틀 무렵 기도는 거룩했으며,

순전한 새벽 기도에
아름다운 평화와 축복이
가득 차올랐다.

젊은 시절의 난,
늘 가을만을 기다리며 살았다.

봄, 여름, 겨울은
가을을 맞이하기 위한
브릿지 bridge 일 뿐이었다.

그래서 그 세 계절은
늘 조금은 지루한 듯 보냈다.

하지만 지금은
하루하루의 소중함을 안다.

봄, 여름, 가을, 겨울,
사계절 하루하루가
축복이라는 걸.
선물이라는 걸.

성스러울 만큼 푸른 새벽,
찬란함으로 꽃은 환희하고
새들의 합창 또한 청아하다.

지천으로 꽃들은
앞다투어 피어나고

그야말로 자연은
연일 봄의 향연으로 요란스럽다.

며칠 동안 메말랐던 대지에
촉촉이 비가 내려

땅에 뿌리를 내린
모든 생명체들이
부산스러웠다.

꽃들은 꽃을 피워 낼 만큼
수분을 취하려 바쁘고,

덩치가 큰 나무들은
자기가 생육할 만큼의 수분을
저장하려고 분주하다.

이렇듯 자연은 자기 몫 외에
이기심을 가진 생물이
하나도 없는 것 같다.

단지 같은 조건에서
어떤 생물이
얼마나 오래 견딜 수 있는가,
생명력의 끈기와 지속에
차이가 있을 뿐,

우리 인간처럼 사재기하거나
내 몫 외에 상대의 몫까지 탐내는
그런 이기심은
자연에서는 찾아볼 수가 없다.

자연에서 느끼는 이런 순리는
내게 진한 감동으로 다가와
정신을 풍요롭게 하고
영혼을 맑게 해 준다.

우리가 온전히
자연의 순리대로 살 수는 없지만,
문득문득 뒤돌아보며

양심이란 거울에 자신을
비춰 보고 정화시켜
조금이나마
욕심을 덜어 낼 수 있다면
참 행복할 것 같다.

지금처럼 자연과 마주할 때면
내 의식은 현실을 떠나
자유로운 시공간 속에서
세속적인 부질없음과
정신적 가치의 영원함을
잠시나마 느껴 볼 수 있어
마음이 평화로워진다.

비가 그친 오늘 아침,
태양이 크리스털처럼 영롱하다.

나의 몫의 삶을 살
굳세고 어질고 바른 마음을
오늘도 나에게 초대합니다.

일상의 작은 기쁨 평범한 것을
오늘 나에게 초대합니다.

어릴 적 부치지 못한
책갈피에 숨겨 둔
작은 소망의 편지 한 통을
오늘 나에게 초대합니다.

말없이 주고받는 눈길을 통해
존재에 대한 감사와
잔잔한 우정을 나눌 친구를
오늘 나에게 초대합니다.

유리창에 여과되어 비치는
온화한 햇살을 마음의 빈터에
오늘 나에게 초대합니다.

집 앞 길가에 꽃을 심어
이웃과 낯모를 나그네와 함께
즐거움을 나누려는 넉넉한 마음을
오늘 나에게 초대합니다.

새소리 바람 소리
이름 모를 들꽃에 담긴
자연의 질서를
오늘 나에게 초대합니다.

지평선 너머로 지는
노을빛 영혼의 응축된 감동을
오늘 나에게 초대합니다.

정갈하게 차려진 저녁 만찬에
사랑하는 가족 모두를
오늘 나에게 초대합니다.

제주 안젤라의 행복한 소꿉놀이

#38 살아가는 이야기 7

세월은 누구도 비켜 가지 못하는 것 같다. 나는 언제나 20대에 머물러 있을 것 같았는데 그런 내 나이가 벌써 50대 중반에 접어들고 있으니 말이다.

요즘 들어 나에게도 세월은 여지없이 곳곳에 흔적을 남기고 있다. 흰머리가 부쩍 늘었으며, 눈가의 주름과 보이지 않는 곳의 시력 저하, 근력 저하 등 이곳저곳에 나이의 흔적이 차별 없이 새겨지고 있다.

주위에서는 얼굴 모습과 머리 색깔이 안 맞는다고 염색하라 성화지만 나는 아직 그럴 필요성을 못 느끼고 있다, 아니, 드문드문 하얗게 세어 가는 새치가 뿌듯하기까지 하다면 너무 과장된 표현일까?

하지만 나는 그런 순리를 부정하거나 감추고 싶지 않다. 오히려 이 나이까지 건강하게 살아올 수 있었다는 것에 감사하다.

얼마나 다행인가. 자연재해, 문명의 이기인 사고, 질병 등을 잘 이겨 내고 이 나이까지 올 수 있었다는 그 삶에 의미가.

그리고 지금 이 나이만큼의 성숙한 지혜는 이해심과 상대에 대한 배려심을 갖게 하여 나를 평화롭게 해 준다.

또한, 먼 데 있는 무지개의 허상보다 옆에 있는 행복과 아름다운 삶을 깨닫게 된 것도 지금 내 나이에서 오는 특혜가 아닐까?

우리는 누구나 다 인생의 나그네가 되어 이 세상에 잠시 머무르고 있을 뿐이다. 그 짧은 시간을 욕심과 이기와 시기심으로 자신의 마음을 괴롭히고 어지럽게 하여 죄를 짓는다면 얼마나 불행한 일일까.

제주 안젤라의 행복한 소꿉놀이

그러나 밉든 곱든 간에 인간을 사랑하지 않고 어떻게 인생을 살았
다고 할 수 있을까. 고통마저 사랑하지 않으면 안 되는 게 인생이자
삶이 아닐까.

오늘도 작은 깨달음으로 감사한 하루가 저물어 간다.

내가 너무나 사랑하는 그녀,
'Tasha Tudor.'

아름다운 명작의 주인공,
'Tasha Tudor.'

자신의 삶을
자신이 석공이 되어
정과 망치로
정성껏 조각하여 다듬어 낸 듯,

그녀의 의식과
그녀의 삶을
난 오늘도 지향합니다.

삶을 아름다운 명작으로
만들어 낸 그녀,
'Tasha Tudor.'

삶의 가치를
크다 작다, 많다 적다
그 어떠한 것과도
비교하지 않았으며,

당당히 자신의 가치를
스스로 인정하고
흔들림 없이 자신의 삶을
멋지게 살아 낸,

제주 안젤라의 행복한 소꿉놀이

오늘은
감로수처럼 달큰한 휴일.

동녘으로 떠오르는
크리스털처럼 영롱한 햇살과의 조우.

새벽의 숭고한 풍경과
공기의 수려한 맛!

정오의 고요한 정적,
평화로운 뜨락에
소리 없이 피어나는
온갖 꽃들의 환희.

뜨락 작은 테이블 위엔
육십 대 청춘들의 아련한 티타임.

함께했던 긴 세월로
어색한 감정에서 놓여진 자유.

고진감래로 우려낸
삶의 향기가 그윽하다.

우탁의 탄로가에
막대도 가시도 막지 못한
즈럼길로 쫓아온 세월에,

주름지고
하얗게 센 머리를 이고 앉아 있는,
평생 남의 편을 향한 측은지심이
노을처럼 부드럽다.

저녁 종일 너른 햇살에
잘 마른 빨래에선
오늘도 어머니의 정갈한 향기가
그리움으로 하얗게 표백된,

영원한 나의 nostalgia,
어머니! 어머니! 어머니!

#41 겨울 속 단상

겨울이 되면 가끔,
눈에 폭 묻혀 버리는 우리 동네.

이런 날은 외출 금지하고, 집 콕.
마트도 못 가니 냉장고 털기!

오늘은
오겹살 한 덩이,
톳 한 팩,
상추, 냉이 한 봉다리씩,
그리고,
무 하나를 건졌다.

오겹살은 겉바속촉하게
오븐으로 구워 내고,
냉이된장국에,
톳은 매콤새콤하게 무치고,
서너 가지 김치에
맛있게 냠냠 먹고
식후 부드러운 카푸치노 한잔,
따뜻한 실내에 흐르는
아베 마리아!

그리고,
침묵의 소리에 귀 기울여
영혼 맑히는 시간,
이 나이 돼서야
비로소 고요를 누립니다.

오늘 하루도
주님의 사랑과 은총이었습니다.

세월 따라 계절 따라
오고 가는 시간 속에,
한 해의 내 젊음도
기꺼이 보냈습니다.

생명이 있는 모든 것들은
떠나고 지고 비우는데,
예외도 이유도 있을 수 없는
절대적 순종입니다.

자연의 섭리로, 숭고한 희생으로
비워진 빈자리엔
새 희망 새 생명 품은 침묵!

오늘은 겨울이 고요하여
평화롭기 그지없었습니다.

#43 스웨터

오늘은 거의 20년, 정확히 말하면 18년 동안 함께했던 회색 스웨터와 안타까운 이별식을 했다.

봄으로 가을로 나와 동고동락하며 온몸으로 스킨십하며 그 보드라움과 따사로움에 늘 감탄하며 입고 벗을 때마다 조심조심했던 스웨터.

만만찮았던 값에 구입할 당시 많이 망설였던 진한 회색의 100프로 캐시미어 스웨터.

몇 년 전부터 외출복으로 입긴 너무 낡아, 아깝지만 집에서 일상복으로 입었었다. 낡았지만 포근함이나 따뜻함을 잃지 않아 그 스웨터를 입고 벗을 때마다 그 브랜드와 만든 이에게 늘 칭찬과 찬사를 침이 마르게 했다.

사람이든 물건이든 만날수록 사용할수록 한결같이 우러나는 진정성이나 진실은 눈물 나게 아름답다.

오늘 너무 오래 입어 여기저기 구멍 난 스웨터를 떠나보내며 간절한 마음으로 그 스웨터와 이별식을 성대하게 거행했다.

버리는 순간까지도 아까워 그 보드라움과 따뜻함에 얼굴도 묻어 보고 가슴에 끌어안아 보기도 하고, 그래도 미련이 남아 끝내는 스웨터에 달린 단추를 뜯어내어 보관하는 것으로 그리움을 달래기로 했다.

오늘 그 회색 스웨터를 보내며 나의 찬란했던 젊고 푸른 시간도 함께 보냈다.

제주 안젤라의 행복한 소꿉놀이

퇴근길 어둠이 밀려오면
둥지를 찾아드는 새들처럼

안식처를 찾아
집으로 집으로
눈에 불을 켜고 곤두박질칠 듯이
달려가는 자동차들.

누구의 아빠, 누구의 엄마,
그리고 어느 집의 소중한
아들딸들이 타고 있겠지.

그들의 치열한 최선이
찬란한 희열로 보상됐으면,
하는 염원.

문득! 인간애로
가슴 따뜻해진 퇴근길.

깊은 밤
부엌 창으로 바라다보이는 풍경,
제주 앞바다에 피어난 불야성,
고깃배들의 투쟁!

그 치열이,
머~언 시선에선
불꽃처럼 별꽃처럼
아름답기만 한데.

오늘도 가슴으로 머리를
이겨 낸 하루.

난 행복했다.

지극히 평화로우신 주님.

축복의 새해를 맞이하여
올 한 해도 제가 살아가는 이유와
가치를 아름답게 가꿔 주시고,

제 생각과 마음이
과거나 미래를
떠돌지 않게 하시고
최선으로 지금을
굳건하게 살게 하소서.

주님께선 항상 제 마음이
기쁘고 행복한지,
아프고 괴로운지,
맑은지 흐린지,
상처가 있는지 없는지,

거울처럼 들여다보시고
위로와 사랑으로
격려해 주시고 보호해 주심에
늘 감사드립니다.

아름다운 은총을
올 한 해도 우리 가족과
함께하여 주시고

건강과 평화로 인도하시어
안과 밖에서 일어나는
모든 상황과 현실을
보편적 양식과 가치 안에서
판단하여 살게 하시고

그 안에서 삶의 의무를
다하게 하여 주시옵소서.

제 삶을
늘 아름답게 가꾸어 주시는 주님.

주님께서 허락하신 소꿉놀이는
저에게는 최고의 선물이며
축복입니다.

올 한 해도 세상을 바라보는
저의 시각과 생각을
편협 속에 갇혀 있게 마시고,

선하고 굳건한 마음으로
아름다운 동심에 살게 하시어

건강하고 평화로운
축복의 삶으로
인도하여 주시길 기원합니다.

아멘.

요즘 남편이 꺼떡하면
퀘사디아 피자를 입에 달고 산다.

괜히 맛뵈어 가지고 귀찮아졌다.

일요일은 일요일이니
점심만큼은
별미인 피자로 하면 어떨까,
하여 먹고

이 핑계 저 핑계, 하다 하다
오늘 저녁은 토요일임에도
불구하고
퇴근하고 정원 일 좀 했다고
그 대가로 저녁은 간단하게
피자 먹으면 어떨까? 하길래,

'어떨까?'의 애매모호함이
살짝 그랬지만.

꽃 심으랴,
삽질하고 흙 나르고
힘든 일을 했으니
대가로 부지런히
피자 세 판을 만들었다.

남편 덕분에 나도
오늘 저녁은 퀘사디아 피자로
맛과 영양 만점인 소식을 했다.

이러다 내가 퀘사디아 피자
장인이 되는 건 아닌지 모르겠다.

오늘도 이렇게
추억 싣고 또 하루가 간다.

제주 안젤라의 행복한 소꿉놀이

오랜 시간이 지난
앨범 속 빛바랜 사진처럼
추억이 깊어진 내 부엌엔,

이제는 훌쩍 커서 어른이 되어 버린
내 아이들의
그리운 어린 시절이 들어 있다.

왁자지껄 아이들의 웃음소리가,
도란도란 아이들의 얘기 소리가,
맛있게 익어가는 음식 냄새에
행복해하던 아이들의 표정들이
곳곳에 세세히 배어 있는
나의 부엌엔,

아이들과 함께했던 풍경들이
너무나 따뜻한 한 편의 시처럼
내 가슴에 절절한 추억으로 남아
지금도 부엌에 들어서면
보이는 듯, 들리는 듯하다.

오늘도 부엌에서 느끼는
그때 그 시간 그 순간 그 추억들이
진한 삶의 향기가 되어
내 가슴을 먹먹하게 한다.

이렇듯 삶은 순간에 있으며,
그 순간과 그 시간들은 지나고 나면
결코! 다시 오지 않을
우리들의 아름다운 삶의 서사시다.

제주 안젤라의 행복한 소꿉놀이

동틀 무렵 나의 뜨락엔
밤새 찬란했던 별들이
새벽이슬이 되었다.

나뭇가지에,
여린 새잎에,
꽃봉오리에 보석처럼 달렸다.

그 새벽!
이슬 된 별들이 떨어지는 소리,
비상하는 새들의 날갯짓 소리,
들뜬 봄바람 소리,
꽃이 피어나는 소리,
삼라만상이 일어서는 소리,
푸른 새벽 새로운 희망과 꿈으로
가슴 뛰는 소리.

그 아침,
찬란하게 솟아오른 햇살이
크리스털처럼 영롱하다.

봄 깊어 빛 너른 계절이 찾아왔다.

따사로운 햇살을 온몸에 두르고
나의 작은 뜨락에서
제대로 봄맞이를 해 본다.

계절 따라 세월 따라 순리대로
꽃들은 피고 지고 또, 피고 지고.

겨울에서 봄으로 오는 길목에서
만난
매화, 동백, 목련이
자기 시절을 보내고
미련 없이 떠났다.

무상이다!
찰나 같은 시간, 찰나 같은 세월!

나는 오늘도
꽃들의 설렘이
아지랑이처럼 피어오르는
작은 나의 뜨락에서,
꽃이 피고 지는
찰나의 세월을 산다.

오늘을 성실하게 보내고
노을과 함께 하루가 지면,

일터에서 돌아온 가족들과
따뜻한 저녁 식탁에서

희망찬 내일을 꿈꾸며
도란도란 정다운 대화.

이렇게 하루를 마감하는
기적 같은 일상을 찬미합니다.

이토록 아름다운
우리들의 삶의 여정을 역행하는
세상의 수많은 불협화음.

인류 보편의 가치를 훼손하며
정의를 괴롭히고
지극히 아름다운 도덕에
상처를 입히지만,

하늘은 절대
손바닥으로 가릴 수 없다는 진실!

그래서 세상은
아직도 아름답게 존재한다는 것을!

평화의 주님.

오늘도 향기로운 기도로
영혼을 맑히고
싱그럽고 아름다운 여명으로
새벽을 맞이했습니다.

주님께선 늘 저희 가족을
건강하고 아름다운 삶으로
인도해 주시고

성령으로 지혜를 주시어
세상의 수많은 왜곡과
왜곡된 의식으로 편집된 오류에
휩쓸려 죄짓지 않게 하시고

작고 미약하지만
나의 의지와 양심과 정의로
판단하여
아름다운 것을
아름답게 볼 수 있는

굳건한 삶을 살게 하소서.

오늘도 온전하고 강건한 의지로
명쾌하게 판단하며
세상을 바라보게 하시고

주체적인 삶의 길로 인도하시어
성령으로 찬란해진 선물 같은
하루를
주님 믿음 안에서
아름답게 살게 하소서.

기적 같은 오늘 하루도
너무나 감사했습니다.
주님, 감사합니다.